Nathan Saves Summer

Nathan rescata el verano

Written by/Escrito por **Gerry Renert**

Illustrated by/Ilustrado por **Carrie Anne Bradshaw**

To Liz and Marcello with much love. GR

For my family and friends who have always supported me. 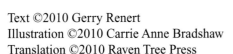 CAB

Text ©2010 Gerry Renert
Illustration ©2010 Carrie Anne Bradshaw
Translation ©2010 Raven Tree Press

Renert, Gerry.

Nathan saves summer / written by Gerry Renert; illustrated by Carrie Ann Bradshaw;
translated by Cambridge BrickHouse = Nathan rescata el verano / escrito por Gerry Renert;
ilustrado por Carrie Anne Bradshaw; traducción al español de Cambridge BrickHouse
—1 ed.—McHenry, IL : Raven Tree Press, 2010.

p.;cm.

SUMMARY: The story of a hippopotamus whose lifelong dream is to
become the lifeguard for a small pond. One day an odd
twist of fate allows him to achieve his dream.

Bilingual Edition
ISBN 978-1-934960-74-5 hardcover
ISBN 978-1-934960-75-2 paperback

English-only Edition
ISBN 978-1-934960-76-9 hardcover

Audience: pre-K to 3rd grade
Title available in English-only or bilingual English-Spanish editions

1. Animals/Hippos & Rhinos—Juvenile fiction. 2. Humorous Stories—
Juvenile fiction. 3. Bilingual books—English and Spanish.
4. [Spanish language materials— books.] I. Illust. Bradshaw, Carrie Anne.
II. Title. III. Title: Nathan rescata el verano.

LCCN: 2009931225

Printed in Taiwan
10 9 8 7 6 5 4 3 2 1
First Edition

Free activities for this book are available at www.raventreepress.com

High up in the hills, there was a very,
very small pond. Most of the year,
it was as quiet as it could be.

◆ ◆ ◆ ◆

En lo alto de las colinas había un
estanque muy, pero muy pequeño. La mayor parte
del año estaba muy tranquilo.

3

But during the summer, it was as crowded and noisy as it could be.
That was when all the animals came for their summer vacations.
There were antelopes, monkeys, penguins, lions, zebras,
gazelles, hyenas, tigers, and giraffes.

◆ ◆ ◆ ◆

Pero durante el verano se atiborraba y había mucho ruido.
Era la época en que todos los animales llegaban para pasar las vacaciones.
Había antílopes, monos, pingüinos, leones, cebras,
gacelas, hienas, tigres y jirafas.

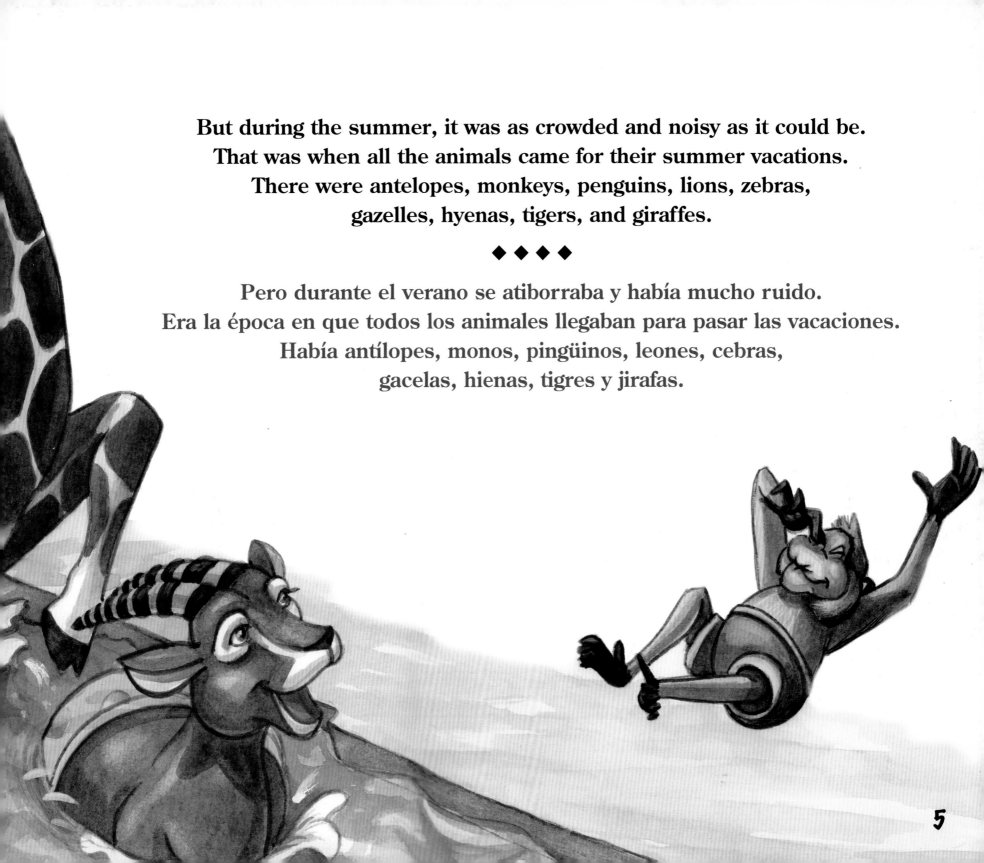

And then there was Nathan the hippo, the largest animal for miles around.

◆ ◆ ◆ ◆

También estaba Nathan el hipopótamo, que era el animal más grande de toda la zona.

The pond had everything the animals could ever want. It had lots of lounge chairs with umbrellas. It had a snack bar. It even had a cabana so the animals could change into their swimsuits. It had everything except for…

El estanque tenía todo lo que los animales deseaban. Había sillones con sombrillas. Había una cafetería. Y hasta había una cabaña donde los animales podían ponerse sus trajes de baño. Tenía todo excepto…

...a lifeguard.

◆ ◆ ◆ ◆

...un socorrista.

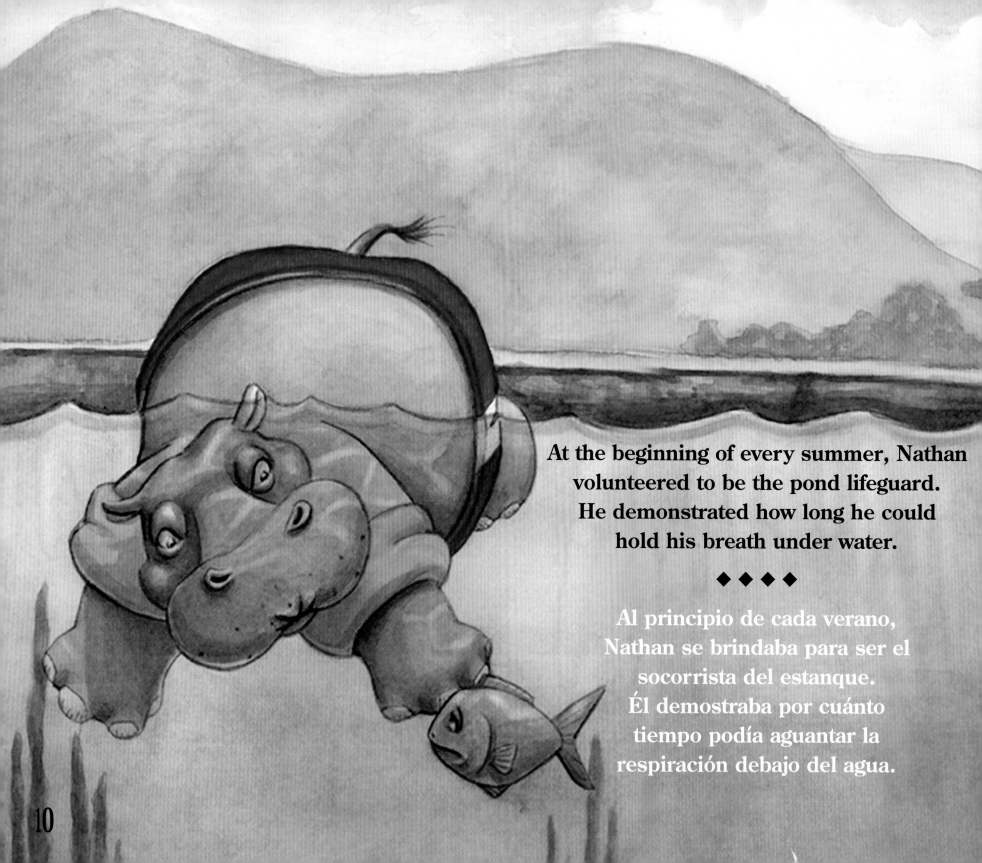

At the beginning of every summer, Nathan volunteered to be the pond lifeguard. He demonstrated how long he could hold his breath under water.

◆ ◆ ◆ ◆

Al principio de cada verano, Nathan se brindaba para ser el socorrista del estanque. Él demostraba por cuánto tiempo podía aguantar la respiración debajo del agua.

10

He showed everybody how many animals he could carry at once, if he had to.

Les mostraba a todos cuántos animales podría cargar a la vez si fuera necesario.

He even floated on his back, becoming the perfect raft.

Y hasta flotaba de espaldas, convirtiéndose en una balsa perfecta.

But every summer, the animals came up with
reasons why Nathan shouldn't be the pond lifeguard.
"Nathan, relax and enjoy your vacation."

Pero cada verano, los animales buscaban excusas
para que Nathan no fuera el socorrista del estanque.
—Nathan, relájate y disfruta tus vacaciones.

"It's too hot to work all day."

◆ ◆ ◆ ◆

—Hace demasiado calor para trabajar todo el día.

"Next year you'll be the lifeguard."

◆ ◆ ◆ ◆

—El año que viene serás el socorrista.

This summer, though, Nathan was more determined than ever to be the pond lifeguard. He had saved money to buy every piece of equipment a lifeguard could possibly need.

◆ ◆ ◆ ◆

Sin embargo, este verano Nathan estaba más decidido que nunca a ser el socorrista del estanque. Había ahorrado dinero para comprarse todo el equipo que un socorrista necesita.

He even put lots of sunscreen on his nose,
as every good lifeguard should.

◆ ◆ ◆ ◆

Hasta se puso mucho bloqueador de sol en la
nariz, como debiera hacer un buen socorrista.

15

STILL THAT WAS NOT ENOUGH.
The animals stared at Nathan.
Finally, one of the hyenas blurted out,
"Nathan, you can't be a lifeguard because...
you're just too LARGE."

◆ ◆ ◆ ◆

PERO ESTO NO FUE SUFICIENTE.
Los animales miraron fijamente a Nathan.
Finalmente una de las hienas soltó sin querer:
—Nathan, tú no puedes ser socorrista porque...
eres demasiado GRANDE.

16

Nathan sighed, "Maybe it's not me who's too large.
Maybe it's the pond that's too small."

◆ ◆ ◆ ◆

Nathan suspiró y dijo: —A lo mejor
no es que yo sea demasiado grande.
A lo mejor el estanque es demasiado pequeño.

17

That night, Nathan worried that the other animals might be right.
Maybe he would never become a lifeguard because he was just too large.
Just then, he heard some loud splashing in the pond below and turned to look.

Esa noche, Nathan se quedó preocupado pensando que los animales
pudieran tener razón. A lo mejor nunca sería socorrista porque
simplemente era demasiado grande. Justo en ese momento oyó un
chapoteo fuerte abajo en el estanque y se dio la vuelta para ver.

19

He saw one of the tiger cubs bobbing up and down in the water.

◆ ◆ ◆ ◆

Vio uno de los cachorros de tigre cabeceando en el agua.

Nathan sprung into action.
Holding his brand new life preserver, he dove into the pond.
There was a huge splash.

Nathan entró en acción.
Con su nuevo salvavidas en mano, se tiró al estanque.
Hubo un enorme chapoteo.

Nathan held the cub securely with one arm.
He wiped the water out of his eyes with the other.

◆ ◆ ◆ ◆

Nathan sostuvo firmemente al cachorro con un brazo.
Con el otro, le quitó el agua de los ojos.

22

He looked around AND COULDN'T BELIEVE HIS EYES!

◆ ◆ ◆ ◆

Miró a su alrededor Y NO PUDO CREER LO QUE ESTABA VIENDO.

ALL THE WATER WAS GONE! A crowd of animals gathered and stared in disbelief at what was once their pond.

◆ ◆ ◆ ◆

¡TODA EL AGUA HABÍA DESAPARECIDO!
Una multitud de animales se acercó y todos miraron, sorprendidos, lo que antes había sido su estanque.

25

Looking upset, the tiger cub said, "Nathan, I was just trying
to dive for a fish. You didn't need to jump into the pond."
The giraffe sighed, "That's the end of our vacation.
We'll never have summer here again."

◆ ◆ ◆ ◆

El cachorro de tigre le dijo, enojado: —Nathan, solo me zambullí
para atrapar un pez. No tenías que saltar al estanque.
La jirafa suspiró: —Terminaron nuestras vacaciones.
Más nunca podremos pasar el verano aquí.

26

Nathan now knew he would never become a lifeguard.
That night, he left the pond forever.

◆ ◆ ◆ ◆

Nathan se dio cuenta de que jamás sería socorrista.
Esa noche se marchó del estanque para siempre.

The next day, two penguins
were playing on the hill below
where the pond had been.
They noticed that all the water
had trickled down into a stream...

which flowed into a river...

◆ ◆ ◆ ◆

Al día siguiente, dos pingüinos jugaban
en la loma que estaba más abajo de
donde había estado el estanque.
Notaron que toda el agua había corrido
hacia abajo hasta formar un arroyo...

que corría hasta formar un río...

which led to the most beautiful lagoon they had ever seen.
The penguins rushed back to tell all of the animals.

◆ ◆ ◆ ◆

que daba a la laguna más bella que jamás habían visto.
Los pingüinos corrieron para contarles esto a todos los animales.

It wasn't long before the animals made
the lagoon their new summer swimming place.
Then, as loud as they could, everyone shouted,
"Nathan saved summer!" And they all ran into the water.
Nothing could have made Nathan happier!

◆ ◆ ◆ ◆

Poco después, la laguna se convirtió en el lugar
donde los animales nadaban durante el verano.
Entonces los animales gritaron con todas sus fuerzas:
—¡Nathan rescató el verano! —Y todos corrieron al agua.
¡Nathan jamás había estado tan feliz!

30

Vocabulary / Vocabulario

pond(s)	el (los) estanque(s)
year(s)	el (los) año(s)
summer(s)	el (los) verano(s)
animal(s)	el (los) animal(es)
antelope(s)	el (los) antílope(s)
monkey(s)	el (los) mono(s)
penguin(s)	el (los) pingüino(s)
lion(s)	el león / los leones
zebra(s)	la(s) cebra(s)
gazelle(s)	la(s) gacela(s)
hyena(s)	la(s) hiena(s)
tiger(s)	el (los) tigre(s)
giraffe(s)	la(s) jirafa(s)
chair(s)	la(s) silla(s)
umbrella(s)	la(s) sombrilla(s)